KB189189

내 운명은
내가 만든다

김휜구 제19 시집

인생살이는 내가 있어서 괴로운 것이다
내가 무엇인지 깨달아버리면
신에 의지하지 않아도
나는 당당한 나다

도서
출판 **행복에너지**

내 운명은 내가 만든다

초판 1쇄 발행 2023년 06월 1일

지 은 이   김훤구
발 행 인   권선복
편   집   한영미
디 자 인   서보미
전 자 책   서보미
발 행 처   도서출판 행복에너지
출판등록   제315-2011-000035호
주   소   (07679) 서울특별시 강서구 화곡로 232
전   화   010-3993-6277
팩   스   0303-0799-1560
홈페이지   www.happybook.or.kr
이 메 일   ksbdata@daum.net

값 15,000원
ISBN   979-11-92486-74-1 (03810)

내 운명은
내가 만든다

김훤구 제19 시집

인생살이는 내가 있어서 괴로운 것이다
내가 무엇인지 깨달아버리면
신에 의지하지 않아도
나는 당당한 나다

도서
출판 행복에너지

작품의 변(辯)

·

자연의 아름다움 속에서
인간의 진실과 질서를
찾으려고 했습니다.

차례

I
소엽풍란

Ⅱ
선물로 받은 하루

Ⅲ
미소에 지은 궁전

IV
절벽의 소나무

I

소엽풍란

꽃세상

온 세상을 꽃으로 채우기란 어렵지요
그러나 그것은 대단히 간단한 것
내 마음이 아름답고 향기로우면
내가 사는 세상은 지상천국입니다

상대를 아끼는 애틋한 사람이면
언제 어디서나 따뜻한 봄날입니다
꽃이 피지 않아도 게으른 하품이
아지랑이 등을 타지 않아도

내 운명은 내가 만든다

사람은 누구나 한 재주가 있는 것
안 하니까 안 되지
늘 하면 잘 된다
처음부터 잘했던 것처럼
그렇게 잘 된다

안될 때도 있으리라
다시 하면
그전보다 더 잘 되리라

취미도 생기고
자신도 생기고
그것이 성공의 시작이요
내 운명을 내가 만든 것입니다

시냇물 흘러

꽁꽁 언 얼음 아래로 시냇물 흘러

그 소리 듣고 일어난 봄은

시냇가 버들가지에 앉아

엷은 초록을 갈아입는다

가장 선하게 사는 날

태양도 내 것이요
대지도 내 것이요
육신도 내 것이요
영혼도 내 것이다

더 가질 것도 없고
버릴 것도 없다

욕심난 것도 아니요
가난한 것도 아니니
오늘이야말로 내가
가장 선하게 사는 날이다
줄 수 있어서 행복하라

주는 것을 아껴 말고
줄 수 있어서 행복하라

돈이나 재물은
있다가도 없고 없다가도 있지만
가장 크고 가장 좋고
가장 빛난 것을 주고픈 사랑은
천사도 부러워하기에

많이 베풀고
많이 사랑하라
죽는 순간을 생각하라
내 육신도 버리고 가는데
무엇이 중하다고 가져가겠는가

줄 수 있는 것에 감사하고
줄 사람이 있는 것에 감사하라

달과 나

나는 어둡지만
나뭇가지를 마당에 그리는
달이 나타나면
나는 달과 더불어 밝게 산답니다

고백

그랬다
나의 속삭임이
네 귀에 불을 지를 때
귓볼에 나온 심장이
앵두 빛으로 익었다

석류

옆구리 터 보여드릴게요
혼자 키운 그리움으로
내 심장이 얼마나
붉게 물들었는가를

에덴동산

뿌리가 튼튼하면
꽃송이가 탐스럽고
학문과 인격이 높으면
인생살이가 에덴동산이다

풀포기

부드럽게 살면
세세연년 천수를 누리고
사랑하면 침략이 아니어도
자기 땅을 넓힌단다

대문도 유리창도

나는 살아서 네게로 가고 있는데
너는 죽어서 어디로 갔는가
무덤에는 대문도 유리창도 없어
내 가슴속에 사는 너를 만난다

풋가슴

처녀의 풋가슴에는
두 개의 백자 항아리가 기대앉은 듯
부드럽고 가득한 풍만이
날마다 보름달로 떠 있다

시는 베드로입니다

시는 베드로입니다
가지고 있는 열쇠로
자연에 있는 천국을 열어주시고
나더러 주인이 되라고 하십니다

물거품

오는 곳도 가는 곳도 없지만
물거품에 무지개 하나 그렸는가 하면
오는 곳도 가는 것도 없는 인생

하늘다리

하늘이 자기의 뜻을 전하기 위해
다리를 놓거나 터널을 뚫을 때에는
사람의 입을 통해서 랍니다

입이 긍정적이고 선업으로 가득 차면
한없는 복의 길을 내고 그렇잖으면
말이 씨가 되는 악마의 길을 낸답니다

이슬

자신의 이익은 손톱만큼도 생각지 않고
그저 신비하고 감사할 뿐

밤의 고요
새벽의 서광
그리고 자기가 선택한 풀잎

영원하지도 않고
흔적도 없지만
한때의 삶을
영원에 수놓은 순간

완전히 다 비우고
순수한 자기만 남아
그 어디에도 흠이 없어라

아, 신비의 창조여
아침은 위대하고
풀잎은 자랑스럽고
이슬은 맑아라

장미와 백합

장미나 백합은 그렇게

아름답고 향기로워도

뽐내거나 거만하지 않고

최선을 다해 살아가며

비웃지도 않고 슬퍼하지도 않고

미워하지도 차별하지도 않으면서

서로가 귀하게 여기며

하늘의 은혜에 감사하니

해마다 피어도 해마다 아름답다

이상한 자존심

잘못을 잘못했다 하고
용서를 비는 것이
그렇게 비겁하고 못나고
손해 본 일인가
개인의 명예에 녹이 스는가
역사에 냄새가 나는가
가장 솔직해야 할 지성이
가장 비겁하고 철면피한 것은
평화의 옆구리가 썩게 하는 것이요
전쟁의 송곳니를 키운 재앙이다

시간

시간은 생명이요 재산이다

중요한 것은 목표다

목표가 없으면

남의 일에 관심을 갖고

쓸데없는 일에 시간을 쓰고

맛있는 것이나 먹는 게

인생 최고의 행복이라 생각하나

진정 아름다운 것은

내가 가진 재능을 위해

시간에 인색하고

고독과 친하고

고요를 반기면

영감이 친구가 되어

재물이 필요 없고

내 육신과 사랑이 최고인

성공한 인간이 된다

교육

답을 정해놓고
답을 달달달 외우는 암기식 교육
그 문제가 아니면 아무 쓸모가 없고
그 답이 아니면 아무런 가치가 없어
시험공부 이외에는
한 번도 써먹지 못한 지식에
사교육비는 나라를 망친다
문제는 정답이 없어야 한다
자기 생각을 추론하면
생각지 못한 해답과 결과가 나와
새로운 창조와 발전의 두 바퀴가
국운을 이끌어간다

소엽풍란

하늘이 부모님을 통해

나를 이 세상에 보낼 때에는

고상한 뜻이 있어 보냈을 텐데

와서 보니

흙 한 줌 물 한 모금 없는

깊은 산 바위틈이다

실망하다 정신을 차리니

그래도 나쁜 것만은 아니었다

하늘에 기둥 선 높은 바위

그 아래 펼쳐지는 푸른 숲

봄이 오니 아지랑이 날갯짓하고

여행을 좋아한 나비 한 마리

어디서 UFO처럼 날아서 지나간다

뻐꾸기 소리 숲을 흔들고

꾀꼬리 소리 잔솔밭에 간지럽다

종달이는 흰 구름 가에서 노래를 쏟아

보리 잎마다 맑은 이슬을 맺는다

이러고 있을 수만은 없다

인생이란 자기의 뜻에 맞는 길을 가야지

내가 나를 사랑하고

나를 도와 성장하는 주인이다

골짜기를 덮은 안개에서

동냥젖을 얻어먹고

간혹 찾아온 산들바람과 어울리면서

아침에 일어난 건강한 나를 느끼는 것은

커다란 행복이다

초록은 보이지 않게 조금씩 자라고

온몸에 넘쳐난다

누가 알아주지 않아도

누가 보아주지 않아도

나는 내 인생의 주인공

자존심을 세울 것은 없지만

나 스스로가 나를

불쌍하고 천하게 할 순 없다

첫 여름은 인정이 있어 간혹
밤사이에 한 줄금 비가 내리고
나의 오페라는 공연되어
공연도 혼자요 관객도 하나뿐인
희한한 무대다
그런 중에도 햇살에서 사랑의 줄을
고르고 산들바람에서
상냥한 수줍음을 배워
전쟁이 아니어도 자유와 행복을 얻었으니
자기가 주인이 되어
하나의 사랑으로
영원을 노래한 소엽풍란은
솔숲에 백로떼마냥
새하얀 꽃봉을 열었다
꽃은 담백하고 아름다워
베풀어 사는 선경이라

그 향기가 온 방을 채우고도 남아
창밖에 넘쳐난다
너 하나로 인해 세상은 꽃세상이 되고
말 없는 별들은 어두움 뒤에서 기웃거린다

너의 순수함에 반해
밤은 엄숙한 안식을 편다
세상은 아무리 하찮은 것이라도
그것에는 사랑이 있다
너는 애써 구하지 않았다
없는 게 아니라
있는 것에 고마워하고 감사한다
소엽풍란은 오후 5시경에 향기를 열어
온 방을 채우고도 남나니
꼭 있을 곳에 있고
필요한 곳에 있는 것이
예술이요 인생이라
주인은 난 잎을 곱게 닦아준다

도덕

도덕은 자기 양심이 걸어가는 길이다
이 세상에는 많은 사람들이 모여 살지마는
각자가 자기 개성대로 사는 곳이다
그런데 그 사람들에게는 마음의
옳고 그름을 재는 양심이라는 것이 있어서
타인을 존경하고 격려해야 나도 남에게서
존경받고 사랑받는데 때로는
남을 돕기는커녕 자신의 이익과 권위를 위해서
타인을 속이고 손해 보게 한다
남을 배려하고 베풀어
더불어 살아가는 기쁨을 누릴 때
덕을 쌓았다 하고
남을 속이고 억울하게 하여 자기 이익만
취할 때 덕을 잃었다고 한다
이 타고난 하나님인 양심을 바르게 써
베풀어 행복하게 사는 사람들을

도덕적인 인간이라 한다

옛말에도 "적선지가 필유여경(積善之家 必有餘慶)"

이라 했다

좋은 일을 많이 한 집안은

후대에까지 그 복이 미친다고 했다

Ⅱ

선물로 받은
하루

염치

제는 대접만 받지
남을 대접할 줄 모른다
입만 가지고 다니고
대접해준 사람을 무시한다
그리고 대접받는 자기는 똑똑하고
손해 보지 않는다고 자랑한다
대접해준 사람은 상대를
대접하고도 너그럽고 행복함을 모른다
대접한 사람은 잘살고 아주 기뻐하지만
자기는 같은 세상을 살면서 남에게
얻어먹는 거지 신세인데도
자기의 인색함과 천함을 모른다
평생 그렇게 모아도 흔적이 없다
불쌍하다
하늘은 스스로 돕는 자를 돕는다는
격언도 모른다

윤리

개인이 사회와 지킬 약속과 질서다
사람은 사회적 동물이라
사람과 사람 사이에 지켜야 할
규칙과 질서가 필요한데 이를
윤리라 한다
여러 사람이 모여 살다 보면
모두가 개성과 특성이 달라
각자가 다른 능력을 가진다
한 사람이 모든 것을 다 잘할 수는 없어서
내가 잘한 것은 남에게 베풀고
남의 것은 배워서 내가 잘하는데
더러는 자만에 빠져
남을 괴롭히거나
무시하는 사람이 있어
상대를 슬프게 하고
분하게 하여

억울하게 한다
이와 같은 경우에서 벗어나
상대를 위하고 존경하고
아껴주면은
우리 인간사회는 전쟁이 아니고
유엔이 아니어도 모두가 평화로울 텐데

자기 재산은 잔인하게 인색하고
국가 재산은 함부로 쓴 게 얼마인가
가령 전등 한 등이라도 아껴 써주어
그 전기를
병원이나 실험실, 연구실로 보내면
얼마나 필요한 금싸라기 재산이 되겠는가
수돗물 한 방울도 그렇지
아껴 쓴 만큼 남게 하면
물을 많이 쓰는 공장
고지대에 사는 가정뿐만 아니라
벼 한 포기라도 잘 가꿀 텐데

함부로 쓰고 아무렇게나 써

국가에서 세금을 걷어도 걷어도

어렵게 만드는 게

윤리에 어긋난 인간이요

함께 살아갈 자격이 없는 사람이다

자유

마음대로 하라

하고픈 대로 하라

할 수 있는 데까지 하라

다만 절대로 하지 마라

네가 하는 일이

남을 해치거나

손해를 보게 하거나

불쾌하게 하여 상대를

괴롭히는 건 죽어도 하지 마라

더군다나 너보다

약하거나 못났거나

불쌍한 상대를 괴롭히면

그것은 자유가 아니라

죄인이요 역적이다

너보다 더 똑똑하고 너보다 더 강한 자가

너를 괴롭혔다면 너는 얼마나

잔인한 복수심에 불타겠는가
네게 당한 사람은 한없는 지옥을 보내리라
지옥은 지옥에 있지 않고
저주하는 가슴속에 있다
그래서 옛사람들은 미운 자식에게
떡 하나 더 주고 계속 미움받게 하고
사랑하는 자식에겐 회초리를 쳐
엄하게 키웠단다

선물로 받은 하루

어둡고 무거운 밤이
온갖 사물을 뒤로하고
떠나가고 있다
아침의 햇살이 그 부드러운 발로
커튼 한 올 한 올을 밟아 오르고 있다
나는 오늘 하루를 선물 받았다
하루 종일 나를 위해 쓴다
밤의 포근한 안식이 발을 이고
치맛자락을 끌며 따라온다

미인이 되고 싶은가

미인이 되고 싶은가
그러려면
나만을 위한 게 아니라
다른 사람을 이해하고
사랑한 사람이 되라
왜냐하면
이 세상에 나를 이해하고
좋아하고 알아준 사람만큼
예쁘고 잘난 사람은 없을 뿐만 아니라
그에게 마음을 열어놓고
함께 이야기하며
이해를 구하고 싶으니까

오직 나

동네마다 교회요
산골짜기마다 절이어도
나를 구원하고
나를 밝히는 건
교회 목사님도 아니요
절의 스님도 아니다
나를 구하고 나를 이끄는 것은
이 세상에 오직 나뿐이다
욕심을 내려놓고
자기의 양심껏 사는 것이
살아서 이룬 천국이요
살아서 이룬 극락이다

소중한 것은 가까이에

행복이 먼 곳에만 있는 줄 알았습니다
나이아가라 폭포의 무지개
몽블랑 산장으로 기차여행
그러나 소중한 것은 가까이에 있습니다

아침햇살 아래 눈을 뜨는 것
아내가 지어준 밥으로 육신과 영혼을 살찌우는 것
한 잔의 차로 인생의 구수한 맛을 내는 것
그리고 잘 손질된 잠자리에서 꿈을 꾸는 것

필요하면 전화도 끊고
산골이 이사 온 듯한 영감의 골짜기에서
내 영혼을 만나 신화의 세계에 이르는 것
그리하여 내 재산은 볼펜과 백지 한 장

그러면 나는 의자에 기대어 눈감고
이 세상에 내린 지상최대의 행복과
최고 즐거움의 품에 안기나니
이보다 더한 보물이 그 무엇인가

트라이앵글

교향악단이다
제1바이올린도
제2바이올린도 아니다
연주가 끝나갈 때
단 한 번 울리는 나는
트라이앵글이다
그러나 난 기다려야 한다
내가 있을 곳에 있는 것이
나의 예술이요 인생이기에

나비 한 마리

나비 한 마리가 꽃에서 나와
담장을 가볍게 날아 넘는다
우리 모두는 꽃으로 피어야 하고
나비로 날아서 마음의 벽을 넘고
사랑으로 아름답게 살아야 한다
이것이 하늘의 뜻이고
인간이 넘어야 할 창조의 담이다

소확행

남편과 사별한 뒤
언제 다시 그의 속옷을 빨아
햇살이 물방울을 고르고
바람이 털고 있는 것을 볼거나

공

가진 게 바람 뿐인 공도
바닥치면 튀어 오르는데
인간은 바닥치며는
바람마저 빠져버리는가

모란

모란 꽃송이에는
신들의 궁전이 있고
이십팔점 점 무당벌레 한 쌍이
밤새껏 사랑을 나누고
꽃가루 뒤집어쓴 채
비틀거린 걸음으로
아침을 나서고 있다

선거철

흙탕물에
쓰레기가 섬을 이룬다
아마 저것들도
선거철이 돌아왔나 보다

고갯길

인생은 고갯길
무엇을 얻었다고
기뻐하지 마라
내려놓으라
그러면
가볍고 조용하고 편하리라

휴식

한참 일하다 좀 쉰다
풀포기는 등을 내밀고
리본을 단 산소가 피를 주무른다
꾀꼬리 소리는 햇살마다 융단을 깐다

조개껍데기 황혼

조개껍데기 속 고운 무늬에
황혼이 진다
물결에 실려 온 먼바다의 전설이
무지갯빛 꿈을 꾼다

내부의 적

한 제국의 적은
외부의 적보다
내부의 적으로 무너졌다

온 세상에 하나뿐인 육신도
총이나 칼에 맞아 쓰러지기보다
내 몸에서 생긴 병에 쓰러진다

빵

화덕에서 구워진 구수한 빵
그것은 하나님이 흙에서 가꾼
내 육신이며 영혼의 양식이며
평등하게 베푸신 사랑이시다

미풍

이제껏 늦잠 든 정원에
미풍이 발소리 죽여 찾아와
잠든 잎의 볼을 쓰다듬는다
엄마의 자상한 목소리처럼

옹달샘에서

숲속에 숨은 옹달샘 하나
길게 자란 풀잎 하나가
옹달샘에서 놀고 있는 달의
가슴을 열어보고 있다

이슬

풀잎에 이슬
아침햇살을 만나
품에 안고 사랑하더니
무지개를 임신했다

가을길

혼자 걷는 가을길
높고 푸른 가을하늘에
고뇌도 번뇌도 단풍 드는가
가슴에 낙엽 지는 소리

Ⅲ

미소에 지은 궁전

조개

조개를 조개라 무시하랴
뻘밭에서도 하얀 속살로 살고
상처에 박힌 모래알을
진주로 키워낸

단풍잎

단풍잎 하나가
팔만대장경을 안고
해인사를 떠난다
무상의 거리로

연못가에서

연못에 절이 비치고
금붕어 한 마리 그 집으로 들어가
물거품 하나 뿜어 올린다
만상은 공이라고

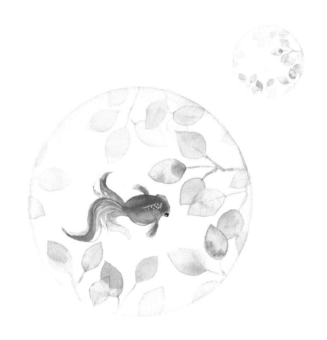

물 끓이는 아내

끓는 물을 컵에 따르는
아내의 모습은 묵언의 수행
우리네 일상은 저렇듯
소중한 깊이로 차 있다

삐그덕 소리

잠 못 이루고 뒤척이는 밤
마룻장에 올라서는 삐그덕 소리
그렇게 넋을 빼는 황홀한 음악이
그 오래된 마룻장에 있을 줄이야

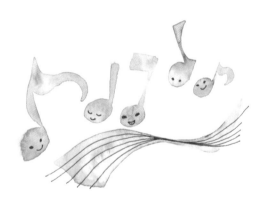

화병의 장미

모가지가 잘려
화병에 꽂혀
내가 나를 떠난다 해도
나는 끝까지 장미

말씀

태초에 말씀이 있었다
말씀은 육신이요 영혼이요 의식이다
말씀에 나타난 모든 것은
신의 탄생이다

행위는 운명이다

행위는 운명이다
이기적인 행위는 버려라
지금 세상은 과거의 행위이고
지금의 일은 다음 세상에 나타난다

자기의 얼굴

얼굴은 타고난 게 아니라
자기가 만들어가는 것이다
마음이 넓고 어진 사람은
선하고 자비로운 얼굴이다

즐겁게 살기

즐겁게 살기는 간단하다 언제나
오늘이 마지막이라고 생각하라
그런데 새 아침이 주어진 것은
얼마나 큰 환희이며 축복인가

미소에 지은 궁전

그대의 미소 한 조각만 주어도
나는 그 미소에 궁전을 짓고
그대가 주신 고독과 나란히 앉아
떠나는 외로움을 바라보리라

세상살이

세상살이는 간단하다
받고 싶으면 주고
채우고 싶으면 비우고
나를 알고 싶으면 나를 비우라

사과의 속살

사과의 볼이 부끄럼을 타기에
그것을 쪼개보니
하얀 속살이 서로 껴안고 있다
향기로운 단물에 젖어

미소

미소는 영혼의 음악
노랫말이 없어도
멜로디가 없어도
내 영혼이 그리는
최고의 풍경화

에덴에서 추방

풍요와 기쁨의 에덴동산
인간은 그곳에서 살았는데
지식이라는 빨간 사과를 따 먹고
속세로 추방되었다

한 잔의 차

한 잔의 차이고 싶다
찻잔을 안고 한 모금 머금으니
영혼이 가을하늘에 뛰어든 듯
버들가지에서 봄이 움튼 듯
사과 향에서 에덴동산이 퍼지듯

번데기

영리함도 미련함도 없다
눈, 코, 입, 다 막은 번데기지만
꽃방석에 앉아 꿀 따는
나비만을 생각한다

백자 항아리

둥글넓적 백자 항아리
엉덩이를 만지면
치맛자락 걷어잡아
입 가리고 웃을 듯

가을풍경

고추잠자리 한 마리가 나는 데도
우주공간이 주어졌습니다
단풍잎 하나가 떨어지는 데도
온 대지가 팔을 벌립니다

가슴

그대 멀리 떠났다고
내 가슴을 떠나랴
그대 내 가슴에 들었다고
이 가슴 무거우랴

우유 한 잔

어머니께서 우유 한 잔을 따라주신다
저것은 순간이 영원과 하나 되는 것
사랑이 전해지는 강줄기이며
우주가 생명 속에서 살아간다는 증거

그것이 아니다 저렇듯
작고 시시한 속에서도
하늘의 뜻이 있고
땅의 베풂이 있기에

인간은 존재하고
그 보잘것없는 눈과 귀에서
우주는 운행되고
자기의 생명을 소모하고 이어간다

보너스

살아 있는 인간은 누구나
이 대지를 벗어날 수 없다
대지가 육신을 가꾸고
육신이 영혼을 가꾸기에
내가 이 대지를 살찌운 것은
내 영혼을 살찌우는 것
오늘도 감사하고 고맙다
나의 보너스는 또
새로운 하루가 주어진 것이다

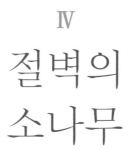

IV

절벽의
소나무

은비늘

맑은 시냇물엔
흰 구름이 떠가고
은비늘 한 쌍이
구름 사이를 헤엄치며
새 세상을 만난 듯 살고 있다

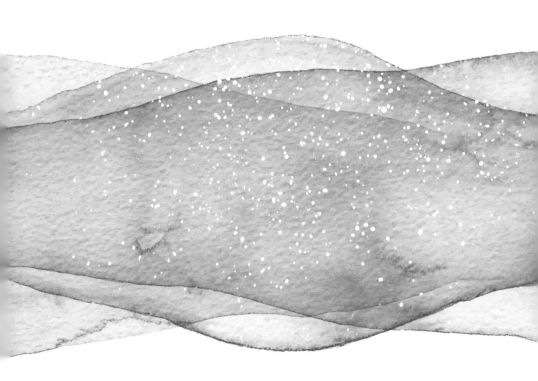

까치둥지

시골집 뒤뜰
미루나무 사이로
은하수가 흐르고
까치 한 쌍이
은하수에 둥지를 틀고
내일을 품고 있다

나는 나다

나를 진심으로 사랑하고 아끼는 것이
세상을 사랑하고 인생을 사랑한 것이다
주어진 것에 감사하고 행복하면
인간은 위대하고 현명하다

쓰레기통

여기 정치라는 쓰레기통이 있다
먼지 나고 악취 나고
쉬파리들이 떼 지어 웅성거린 속에
안경 쓰고 구두에 광낸 너구리가
쓰레기통을 뒤지고 있다

하늘 대장간

아무렇게나 살지 마세요
당신은 영적이요 신비합니다
어머니의 태중에서
물이 불탈 때
풀무질은 이어지고
모루 위의 망치질에서
당신은 모습을 갖추었습니다
담금질까지 해가면서
한세상 쓸 만한 연장이 되라고
하늘의 대장간은 밤을 새웠습니다

대나무의 방황

바람은 말했네
행복이 대나무 밖에 있다고
대나무는 바람 따라갔다가
제자리로 돌아왔네

행복은 자기가 가꾸고 마련해야지
밖에 있는 게 아니라고
마디마디 비우고 새하얀 속으로
자기 자리를 지키며 곧게 살아간다네

시시포스

코린토스 왕인 시시포스
제우스를 수차례 속인 죄로
사후에 지옥에서 돌을 산 위까지
밀어 올리는 영겁의 형벌을 받는다

시시포스 이야기는 끝나지 않았다
매일 바위를 산 위로 밀어 올려도
바위의 무게와 산비탈은 허락하지 않는다
삶은 살아서나 죽어서나 고행이다

그렇다고 포기해서 내가 죽을 수도 없고
매일 생활이라는 바위를 밀어 올려
삶의 형벌이 끝나지 않는 게
인생의 비극이요 연극이다

풀잎

풀잎을 보라

저것은 하나의 환희이며

존재에 대한 자부심이다

땅을 사랑하되

땅을 벗어나기를 바라며

새로운 희망을 가지고 움튼다

노오란 생명의 영광

맑은 이슬을 단 새벽 기운

바람에 어깨춤을 추며

평원을 덮는 평화

그리고 때가 되면

작고 고운 꽃으로 노래하고

씨를 퍼뜨려

이 세상을 사랑하며

가을이 오면 뿌리 아래로 내려가

눈바람에서

봄여신의 발자국 소리를 듣는다

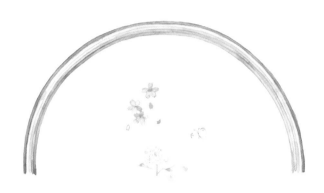

잠

잠은 의사이며 약사

머리가 어지럽고

육신이 무거우면

잠을 충분히 자라

몸속의 악마가 다 빠져나가고

비 갠 다음 날

무지개 뜨는 청산처럼

맑고 고운 기운이 채워지고

육신에선 꾀꼬리 소리가 나고

영혼은 구름 가에서 종달이 노래를 쏟아

아지랑이 타고 온몸에 퍼지리라

보석

나는 가난하고 가진 게 없지만
내게는 하나의 보석이 있습니다
오래 두어도 변하지 않고
도둑이 들어도 가져갈 수 없는

다이아몬드 보석은 끼울 수도 있고
빼놓을 수도 있지만
내가 드리고 싶은 이 마음은
한번 끼우면 뺄 수가 없습니다

나는 당신에게 이 보물을 드리고 싶습니다
늘 가까이 두고 새롭게 보아야 할
그리하여 서로의 마음이
보석빛으로 살아가는

사람 보기

사람은 겉에 나타난 외양보다

속에 가려진 마음을 보라

내가 싫어한 것을 남에게 하지 않는 사람은

이 세상에 하나뿐인 훌륭한 사람이다

외양은 그럴듯해

모두 능력 있고 지혜롭게 보여도

자기 이익에 철저하고

남에게 비겁한 인간은

아무리 출중한 외모와 지략을

가졌더라도

그는 사람을 악마이게 하고

자기의 이익만 생각하는 악질이니

잘생긴 구렁이일 뿐이다

칡넝쿨

칡넝쿨은 본래
땅으로 기는 식물
그러나 이웃을 소나무로 만나면
소나무를 타고 올라가
소나무보다 더 높은 하늘에 이르고
소나무 전체를 마치
칡나무처럼 만드니
이웃이 항시 푸르고
대들보감인 소나무면
칡넝쿨은 일생을 바꾼다

모래알

작은 모래알 하나
있어도 있는 줄 모르고
없어도 없는 줄 모르지만
그것은 백사장을 만들고
먼 항해에 지친 물결이
서로의 가슴을 껴안고
해안을 따라 누워서
메꽃을 키우고 있다

상추

남새밭에 심은 상추
그 작은 씨앗의 힘으로
닫힌 지구를 열고 날마다
자기의 성장을 자축합니다

모든 존재는 한 덩이 축복이요
자기 존재를 즐기고 사랑하며
자기 자신을 찬양하며
낙엽을 덮고서 침묵한다

솔밭

솔밭의 아름드리 소나무는

바람 불면 흔들리고

비 오면 비 맞고

눈이 오면 가지마다

눈이 쌓여도

곁에 있는 나무에게

의지하지도 도움을 청하지도 않는다

서로는 서로의 믿음이 되며

자기 나름대로 살면서도

더 가까이 친절하여

안개의 품에 들기도 하고

새에게 둥지를 짓게도 한다

꽃이별

벚꽃나무에 바람도 없는데
꽃잎을 타고 봄이 떠나는 날
술잔에 날아든 꽃잎
꽃잎인들 어찌 이별이 섶지 않으랴

바람으로 노 젓고 삿대를 젓다가
가라앉아 슬픔을 잊을 때까지
술잔에 뱃놀이라
자기 흥에 자기가 취한 이별

국화

온실에서 자란 국화는
모양만 있지
향이 없다

노상에서
서리 맞으며 떨어본 국화는
향기의 품으로
내 영혼을 감싸 안는데

생활전선

부귀영화를 바라고 살았으나
하루하루가 생활전선이라
아우성치며 죽지 않는 게 다행이다
나 이제 머지않은 날
내 육신을 떠나면
그땐 봄이 오리니
길섶을 따라 꽃이 피리라

작은 새

나는 작은 일에 만족해야 하나
문을 열고 들어서니 작은 새 한 마리가
숨을 할딱거리며 두려운 눈으로 바라본다
길을 잃고 나갈 길을 찾을 때
내가 나타났으니 얼마나 두려우랴
나는 열린 문으로 보내주고 싶었는데
이 벽 저 벽 부딪히며 피한다
벽에 부딪혀 목이 아픈지
바닥에서 할딱거리는 것을 잡아
열린 창문으로 날려 보내주었다
드넓은 하늘을 생전 처음 보는 듯이
허공에 날개를 편다
내가 한 생명을 불안과 공포에서 구해 줌은
내가 무슨 구세주라도 된 듯 자랑스럽다

반들찔레

길가에서 땅을 기며 사는 땅가시
온몸이 가시투성이인 데다가
길가에서 발에 밟히며 천하게 살지만
남에게 기대거나 의지하지 않고
자기를 알고 자기를 사랑해
새하얀 꽃을 피워
꽃세상을 만든다
양지바른 햇살에
나비의 날개가 춤추게 하여
빨간 열매를 익히고
천국의 무대를 만들어 살다가
자기 색깔로 단풍 들 줄 아는

절벽의 소나무

가난하고 불쌍하다고 약한 말을
하지 않으리라
물 한 방울 흙 한 줌 없는
저 절벽은 소나무를 키운다
절벽이 키운 건지
소나무가 자란 건지 모르지만
소나무는 가지 휘어져 늘어지고
날아간 듯 춤추는 듯하니
그렇게 강인하고 억센 절벽은
한 폭의 그림

백로가 아니어도 그 가지에

집 짓고 알 낳고 싶다

아무리 음흉한 구렁이도

맹수인 호랑이도 해치지 못하리니

내가 나를 사랑하고 아끼면

아침 안개 한낮의 햇살은

내게 안겨 오리라

장미

그대여 장미를 보러 갑시다
장미는 심장을 입술에 내놓고
사랑을 색칠한 듯합니다

그대에게 장미를 꺾어드리오리라
장미는 목이 꺾여도 그대 품에
안기면 지지 않는답니다

그대여 장미를 보십시오
꽃잎으로 하늘의 경계를 이루고
더도 덜도 바라지 않는 날을 살아갑니다

장미는 그대를 위해 피었고
그대에게 향기를 전하는 것 외에
더 이상 바라는 게 없답니다

장미에게 두 손을 모아요
저것은 내 사랑에서 피었고
내게 주어진 젊음의 궁전이랍니다

화분

내 심장에서 구워낸 화분 하나
거기에 당신의 미소를 심고
들며 날며 가꾸는 재미로 살렵니다.

마르면 물도 주고 잎도 닦아주고
예쁜 꽃봉 탐스럽게 되면
나는 문양고운 날개로 춤추는 나비

그럴 수는 없을까

개인이나 나라나
그럴 수는 없을까
피곤하니 더 이상 싸우지 말자
좋은 것 새로운 것은
서로가 권하고 나누고
나쁜 것 더러운 것은
부끄러워 없애면서
내가 있어서 네가 좋고
네가 있어서 내가 좋은
그런 날을 만들어 살면
가슴속에 계신
하나님이나 부처님을
크루즈 여행이라도 온 듯
이 세상을 구경하고
자기들의 가슴에서 살아간
것을 구원이라 할텐데

MEMO

MEMO

진정한 나를 탐구하는 시의 언어가 가져다주는 울림

권선복 | 도서출판 행복에너지 대표이사

"인생은 무엇인가?", "나는 누구인가?" 인간이라면 누구나 해 본 적 있는 고민이자, 인간의 철학, 종교, 예술을 관통하는 가장 중요한 주제입니다. 스스로의 존재를 고민하는 자아를 가지게 된 이후로 인류는 끊임없이 '나'의 실체, 그리고 '나'와 외부의 교류에 대해 탐구해 왔습니다.

2001년 월간 '문학세계'로 등단한 이래 '고흥작가회' 회장으로서 활동하며 왕성하고 끊임없는 작품활동을 거듭해 온 김환구 시인의 제19시집, 『내 운명은 내가 만든다』는 '나'라는 자아와 외부 세계와의 교류에 대한 작가의 끈질긴 탐구가 다듬고 깎아 낸 보석 같은 언어로 이루어져 있는 작품입니다.

"인생살이는 내가 있어서 괴로운 것이다. 내가 무엇인지 깨달아 버리면 신에 의지하지 않아도 나는 당당한 나다." 책 표지에서부터 드러나는 시인의 선언은 '나'라는 존재를 세상 속에 당당하게 만들어 주는 것이 무엇인지를 집요하게 탐구해 온 시인의 집필 방향과 의도를 선명하게 드러내 주고 있습니다. 특히 〈내 운명은 내가 만든다〉, 〈가장 선하게 사는 날〉, 〈소엽풍란〉, 〈오직 나〉 등의 시는 세상의 풍파 속에서 길을 잃고 혼란에 빠지거나, 외부의 존재에 의존하여 자아를 잃어버리기 쉬운 세태를 비판적으로 바라보는 한편, 객관적이면서도 순수한 시선으로 자기 자신을 돌아보고, 무엇이 '도덕'인지, 무엇이 '윤리'인지를 탐구해 나가는 모습을 보여주고 있습니다.

1943년 전남 고흥에서 출생하여 2005년 초등학교 교사로서 정년퇴임한 김훤구 시인은 오랜 기간 동안 일관적이고 열정적인 창작력으로 열여덟 권의 시집을 출간했으며 이번에 출간된 제19시집 『내 운명은 내가 만든다』는 그동안의 꾸준한 열정과 탐구가 만들어낸 새로운 경지의 결과물이라고 할 수 있을 것입니다. 또한 각 시마다 시에 어울리는 잔잔하고 감성적인 그림이 함께하며 독자들을 아름다운 시의 세계로 이끌 것입니다.